一曲清歌赋晚晴

三平诗词吟稿

三平 著

人民东方出版传媒
东方出版社
The Oriental Press

目 录

听诗
TING SHI

003 / 白玉兰（一）
003 / 惊蛰
004 / 咏柳
004 / 咏兰
005 / 看云
005 / 又作江南客
006 / 乡思
006 / 玉兰（一）
007 / 闲云
007 / 初心
008 / 霁景
008 / 忆旧游
009 / 珠江夜色

009 / 丹枫
010 / 水心莲
010 / 幽怨
011 / 江南烟雨
011 / 丁香
012 / 凤凰山游记
012 / 观竹
013 / 白玉兰（二）
013 / 山里风光
014 / 赏莲
014 / 望月
015 / 书香
015 / 风中的芦苇

016 / 听泉
017 / 春意
018 / 春思（一）
019 / 春思（二）
020 / 早春
021 / 农家
022 / 新茶
022 / 春游
023 / 兰
024 / 端午感怀
025 / 仲夏
026 / 剪夏

027 / 忆游武灵丛台
028 / 白云山游记
029 / 玉兰（二）
030 / 秋声
031 / 山村秋韵
032 / 咏腊梅
033 / 郊游
033 / 雪
034 / 无题（一）
035 / 无题（二）
036 / 无题（三）
037 / 无题（四）

吟词
YIN CI

040 / 杏园芳·立春
040 / 声声令·春意
041 / 春光好·春柳
041 / 被花恼·东湖景物
042 / 忆江南·茉莉花
042 / 忆江南·油菜花（两首）
043 / 甘草子·白玉兰
043 / 醉红妆·牡丹
044 / 碧牡丹·绿牡丹
045 / 蕙兰芳引·兰
046 / 南浦·春意
046 / 红罗袄·落花
047 / 庆宣和（三首）
048 / 玉漏迟·与梅同调
048 / 春晓曲·伤春

049 / 齐天乐·初心
049 / 南歌子·又作江南客
050 / 万里春·岭南春
050 / 占春芳·好时光
051 / 如梦令·江畔
052 / 如梦令（四首）
053 / 凤凰阁·安居
053 / 上林春令·春晴
054 / 偷声木兰花·春趣
054 / 留春令·留春愿
055 / 桃园忆故人·怀旧
055 / 盐角儿·月圆花好
056 / 孤馆深沉·韶景
056 / 摘得新·暖香
057 / 江月晃重山·归燕

057 / 厅前柳·又逢春	068 / 武陵春·湖莲
058 / 瑞鹤仙·念故乡	068 / 茅山逢故人·挚友
058 / 醉春风·春游	069 / 花犯·石榴
059 / 醉乡春·春暮	070 / 相见欢·幽兰
059 / 鱼游春水·暮春	070 / 相见欢·荷
060 / 采鸾归令·倦鸟	071 / 相见欢·江上沙洲
060 / 采鸾归令·清梦	071 / 杏花天·榕树
061 / 彩云归·飞花	072 / 卜算子·空谷幽兰
061 / 据解令·新晴	072 / 卜算子·木棉花
062 / 采绿吟·江畔	073 / 醉花间·人意好
062 / 点绛唇·喜鹊穿枝	073 / 西锦地·游趣
063 / 点绛唇·心情好	074 / 越溪春·竹林
063 / 清平乐·春色	074 / 忆王孙·夏日
064 / 清平乐·春意	075 / 忆王孙·蝉
064 / 清平乐·竹林深处	075 / 忆王孙·七夕
065 / 清平乐·闲云	076 / 芭蕉雨·旧约
065 / 清平乐·闲庭院落	076 / 夏云峰·白云峰
066 / 清平乐·别绪	077 / 华清引·夏蝉鸣
066 / 清平乐·窗外	077 / 华清引·晚霞明
067 / 清平乐·剪夏	078 / 华清引·归舟
067 / 清平乐·梅报新春	078 / 垂丝钓·雁栖水畔

079 / 鼓笛令·竹
079 / 双瑞莲·莲
081 / 探芳信·采莲
081 / 长相思·风雨行
082 / 长相思·云山深
082 / 长相思·盼重逢
082 / 长相思·鹦鹉学舌
083 / 长相思·端阳
083 / 长相思·腊梅
084 / 浪淘沙·残红
084 / 浪淘沙·寻梦
085 / 浪淘沙·心境
085 / 浪淘沙·新凉
086 / 浪淘沙·江上芳洲
087 / 浪淘沙·鸿雁
087 / 浪淘沙·共从容
088 / 浪淘沙·清欢
088 / 浪淘沙·闲趣
089 / 浪淘沙·聚散匆匆
089 / 浪淘沙·往事如烟
090 / 鹧鸪天·郊游

090 / 鹧鸪天·书阁燕
091 / 鹧鸪天·立秋
091 / 鹧鸪天·冰心
092 / 木兰花·咏玉兰
093 / 木兰花·人意好
094 / 木兰花·秋思
094 / 木兰花·谈笑声中
095 / 减字木兰花·芙蓉照水
095 / 减字木兰花·江南美
096 / 减字木兰花·出水芙蓉（两首）
097 / 减字木兰花·垂杨
097 / 减字木兰花·静境
098 / 减字木兰花·金坛初夏
098 / 减字木兰花·旅思
099 / 减字木兰花·离家千里
099 / 减字木兰花·益友
100 / 减字木兰花·征鸿
100 / 鹊桥仙·郊游
101 / 鹊桥仙·回首
101 / 鹊桥仙·缘浅
102 / 鹊桥仙·相思

102 / 鹊桥仙·错付	113 / 采桑子·惊鹊
103 / 鹊桥仙·谗言	113 / 采桑子·秋山
103 / 菩萨蛮·玉兰	114 / 采桑子·缘
104 / 菩萨蛮·茅山游	114 / 赤枣子·初秋
104 / 菩萨蛮·田园风光	115 / 赤枣子·桂树
105 / 菩萨蛮·采莲	115 / 黄鹂绕碧树·与君为伴
105 / 菩萨蛮·清梦	116 / 塞孤·初秋
106 / 菩萨蛮·山村	117 / 梦芙蓉·秋景
106 / 菩萨蛮·珠江夜景	117 / 行香子·山下人家
107 / 菩萨蛮·孤鸿	118 / 行香子·山村秋色
107 / 菩萨蛮·孤舟	118 / 行香子·菊蕊含娇
108 / 菩萨蛮·处处春	119 / 行香子·秋入梧桐
108 / 菩萨蛮·秋	119 / 行香子·遥看澄江
109 / 菩萨蛮·旧尘	120 / 行香子·倚清风
109 / 菩萨蛮·思绪	120 / 临江仙·闲愁
110 / 菩萨蛮·心安	121 / 临江仙·清歌
110 / 菩萨蛮·流连	121 / 临江仙·江阔水溶溶
111 / 菩萨蛮·心境	122 / 临江仙·归路
111 / 采桑子·燕分飞	122 / 临江仙·信念
112 / 采桑子·故地重游	123 / 临江仙·曲终人不散
112 / 采桑子·寻幽	124 / 捣练子·荷

124 / 捣练子·走天涯	135 / 金蕉叶·种菊
124 / 捣练子·雨绵绵	135 / 金蕉叶·赏菊
125 / 踏莎行·邂逅	136 / 渔歌子·孤舟
125 / 踏莎行·知谁好	136 / 渔歌子·小山村
126 / 踏莎行·闲云	137 / 渔歌子·秋声
126 / 踏莎行·旅思	137 / 渔歌子·晴霞
127 / 踏莎行·岩桂	138 / 渔歌子·落叶
127 / 踏莎行·再回首	138 / 渔歌子·枫叶
128 / 踏莎行·秋韵	139 / 蝶恋花·照水芙蓉
128 / 沙塞子·万里清风	139 / 蝶恋花·尘虑
129 / 芰荷香·在他乡	140 / 蝶恋花·倦客
129 / 生查子·遇见	140 / 蝶恋花·离歌
130 / 生查子·栖心	141 / 蝶恋花·来时路
130 / 生查子·涠红	141 / 双头莲令·路尘
131 / 瑶池宴·花絮	142 / 双头莲令·并蒂莲
131 / 采莲令·再回首	142 / 浣溪沙·一路风光
132 / 新荷叶·东湖秋色	143 / 浣溪沙·离愁
133 / 十六字令（三首）	143 / 浣溪沙·聚散匆匆
133 / 天净沙·小溪	144 / 浣溪沙·兰
134 / 天净沙·秋景	144 / 浣溪沙·木槿花开
134 / 天净沙·秋声	145 / 浣溪沙·小聚

145 / 浣溪沙·行云	156 / 红窗听·与知音相约
146 / 浣溪沙·云山夏日	156 / 朝玉阶·愿从容
146 / 浣溪沙·斜风细雨	157 / 上行杯·欢意
147 / 浣溪沙·馨味	157 / 山亭柳·清调抚筝
147 / 浣溪沙·一帘幽梦	158 / 怨三三·又起征帆
148 / 浣溪沙·东湖之旅	158 / 玉京秋·晨雾散
148 / 浣溪沙·秋	159 / 霜天晓角·秋仲
149 / 浣溪沙·秋光	159 / 霜叶飞·江淮秋晚
149 / 西江月·种莲	160 / 玲珑玉·北雁
150 / 西江月·知己	160 / 伊州三台·晚晴
150 / 西江月·清梦	161 / 江城梅花引·归思
151 / 西江月·秋色	161 / 相思令·幽怨
151 / 西江月·幽怀	162 / 柳含烟·夕阳红
152 / 西江月·冰心	162 / 石州慢·愿韶光长久
152 / 虞美人·采莲	163 / 三奠子·忆旧游
153 / 虞美人·闲言	163 / 望远行·望远
153 / 虞美人·伤秋	164 / 梦仙游·淡余凉
154 / 虞美人·梦悠扬	165 / 望江东·立秋
154 / 桂殿秋·秋桂	166 / 忆馀杭·湖山秋色
155 / 散馀霞·云山霁景	166 / 隔帘听·听雨
155 / 玉人歌·浮云散	167 / 思帝乡·秋水

167 / 思帝乡·暮秋	178 / 望仙门·叶飘零
167 / 思帝乡·霜浓	179 / 双雁儿·老梅枝
168 / 最高楼·小庭幽	179 / 逍遥乐·墨梅同调
168 / 遐方怨·霜叶落	180 / 感恩多·初晴
169 / 四园竹·青竹	180 / 江亭怨·归思
169 / 梦扬州·流年	181 / 好女儿·梅
171 / 回波尔·归意	181 / 思越人·赏梅
171 / 翠羽吟·归雁	182 / 曲玉管·赏梅
172 / 庆金枝·秋凉	182 / 城头月·梅
172 / 应天长·秋菊	183 / 孤鸾·梅
173 / 阳台梦·清梦	183 / 晴偏好·霁景
173 / 于飞乐·秋	184 / 竹香子·溪梅
174 / 系裙腰·初衷	185 / 华胥引·听雪
174 / 字字双·金菊	186 / 扬州慢·夜游珠江
175 / 赞成功·柿叶添红	186 / 江亭怨·梅醒
175 / 赞浦子·倦鸟	187 / 花前饮·梅园遐思
176 / 无闷·飞雁	187 / 东风齐著力·辞旧迎新
176 / 西施·秋声落	
177 / 散天花·雁南征	
177 / 纱窗恨·聚散	
178 / 纱窗恨·流年	

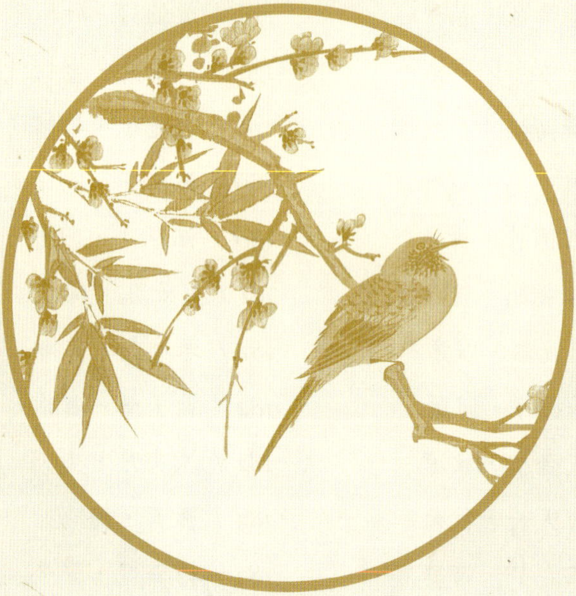

听诗
TING SHI

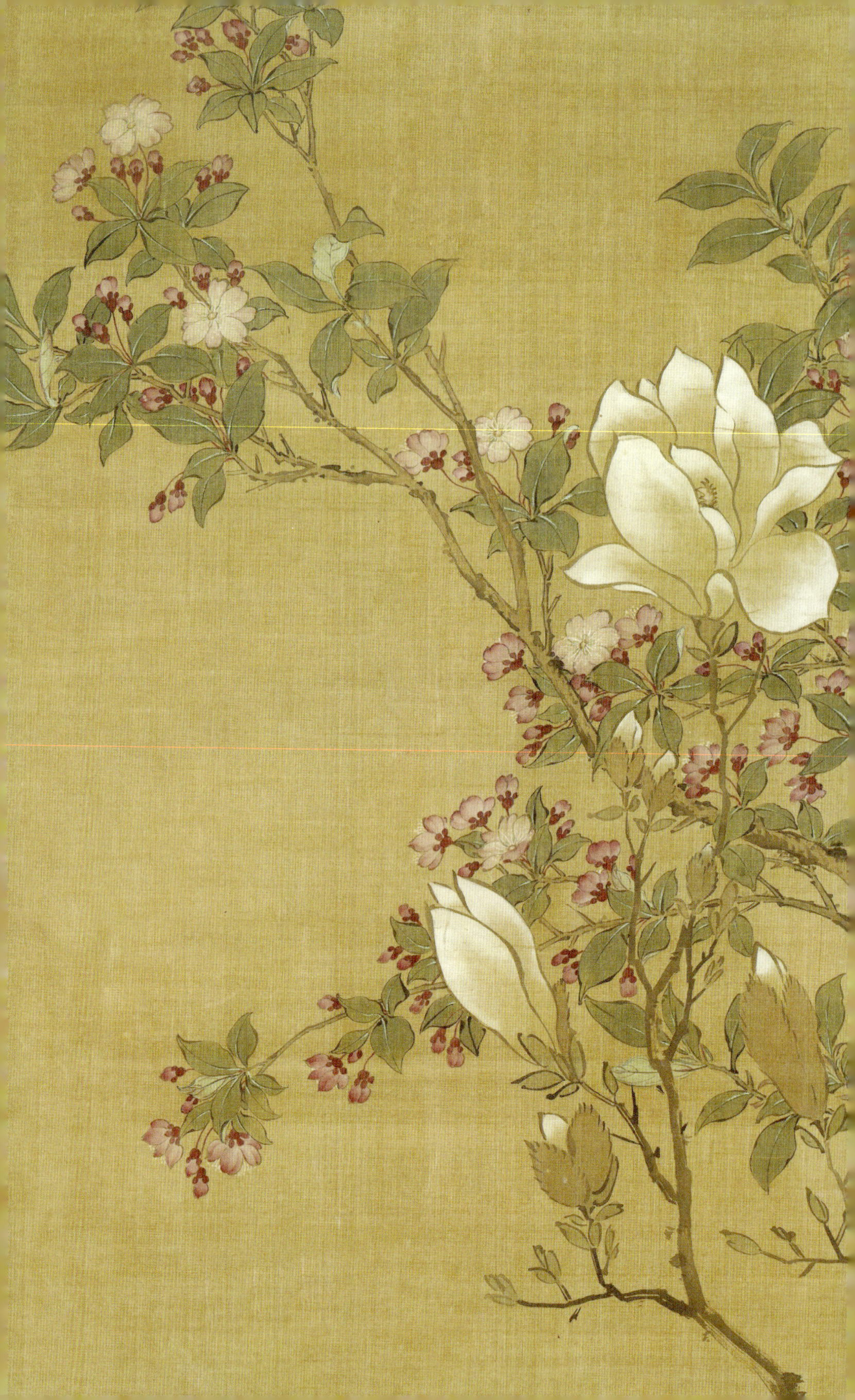

白玉兰（一）

千枝翠绿妆，
白蝶解霓裳。
一阕诗词梦，
三池淡墨香。

惊蛰

风吹惊蛰始，
万物涅槃生。
一点新芽翠，
馨馨已醉卿。

咏柳

烟柳风帘漾，
飞花绿雾飘。
桥头凝望处，
春意正妖娆。

咏兰

清疏淡倚栏，
花骨醒身观。
一日辞幽谷，
千年香未残。

看云

闲云舒卷处,
客雁落平湖。
几许清风过,
谁知片朵无。

又作江南客

又作江南客,
还逢谷雨春。
原来情绝处,
又见物华新。

乡思

弹指中秋近,
遥知孝子心。
独行千里外,
喜鹊报家音。

玉兰(一)

风前漫解霓裳,
一缕清香入窗。
纵有斜风细雨,
寻常不纳余凉。

闲云

一抹闲云积雨痕,
几番寒意入林根。
他年若问荣枯事,
带露风情不自存。

初心

浮云一去无踪迹,
碧水青山入梦深。
风雨同舟千里远,
最难辜负是初心。

霁景

一番风雨洗长空，
两岸青山落彩虹。
收尽宿云开霁景，
盈盈绿竹引清风。

忆旧游

千里清风扫旧尘，
木兰初发满城春。
当年携手同游处，
物换时移景色新。

珠江夜色

江边风景最妖娆,
溢彩波光映鹊桥。
闲倚栏杆凝望远,
一时陶醉忘尘嚣。

丹枫

秋霜又染一林枫,
红叶初翻十里风。
独倚石栏凝望远,
山川如在画图中。

水心莲

水心一朵粉红莲,
清气袭人似旧年。
静境生根尘不染,
只同君子续情缘。

幽怨

溶溶明月照江洲,
几树蔷薇掩小楼。
谁料斜风吹急雨,
霎时惊碎一庭幽。

江南烟雨

江南三月雨如烟,
水墨屏风落九天。
枝上清姿疏影淡,
曾经携手水云边。

丁香

紫红花蕾结琼枝,
未及开时独自痴。
几许闲愁来又去,
不堪招惹是相思。

凤凰山游记

流泉出自凤凰山,
百户人家近水湾。
黛瓦青墙凝古韵,
夕阳西下享清闲。

观竹

风摇翠竹发清音,
仿佛幽人奏玉琴。
高耸入云凭劲节,
栉风沐雨抱虚心。

白玉兰（二）

隔窗惊见一枝斜，
秀色妍姿拥曙霞。
冰玉精神清彻骨，
暗香时度竞春华。

山里风光

溪流清浅小桥斜，
隔岸炊烟四五家。
山里风光如许好，
偏钟淡饭与粗茶。

赏莲

小船又向湖心渡，
千顷芙蓉展画屏。
消得几分尘俗气，
一肩烟雨落浮萍。

望月

夜空似水挂冰轮，
竹影横窗若近邻。
客里又逢佳节至，
相思仍是暖心人。

书香

闭却闲门远薄凉,
书林追慕淡中香。
尘嚣随与云烟远,
且听清歌送夕阳。

风中的芦苇

萧萧芦苇曳长河,
细雨斜风耐几多。
天地苍茫云水阔,
夕阳斜照影婆娑。

听泉

飞泉落涧似龙吟，
九曲环回绕远林。
汩汩清流终不断，
此声越听越清心。

春意

春雨洗林峦,
风吹瘴雾残。
柳梢翻浅绿,
梅萼破新寒。
渐觉浮云远,
初闻鹊语欢。
此情何所寄,
依旧是平安。

春思（一）

经行江畔处，
杨柳似依依。
细细熏风暖，
双双紫燕飞。
撷花香在手，
翻叶露沾衣。
当年春住处，
忽觉客舟稀。

春思（二）

又作羊城客，
依然记旧游。
天涯寻远梦，
岸畔泊孤舟。
邂逅风和雨，
从容定去留。
白云飘至处，
江水已东流。

早春

良畴浅绿生,
布谷又催耕。
几处轻雷过,
千畦细雨迎。
暖风时袅袅,
春意正盈盈。
飞燕双归后,
方惊岁月更。

农家

细雨滋田亩,
春晴布谷催。
方塘粳稻种,
小院豆瓜栽。
户外和风暖,
畦旁晓雾开。
逍遥翁与媪,
篱下饮余杯。

新茶

泠泉自煮茶,
香发雨前芽。
缓缓浮青叶,
纷纷泛翠华。
逍遥深色泽,
恬淡固清嘉。
惬意随时有,
闲愁莫自加。

春游

堤畔柳风柔,
湖心漾小舟。
画廊随处望,
古韵个中留。
苑木形神逸,
亭台水石幽。
远山凝翠黛,
春景醉明眸。

兰

曾经数十春,
溪畔守幽真。
和露花开静,
清芬雨后新。
唯留香入梦,
亦有竹为邻。
一缕松风过,
灵根不染尘。

端午感怀

今逢事务忙,
不觉又端阳。
五月榴裙艳,
千家艾叶香。
菖蒲称寿永,
角粽祭怀长。
念已承恩久,
他乡过小康。

仲夏

东湖微雨过,
柳下晓风凉。
燕子穿枝绕,
榴花簇盏香。
堤边迎曙望,
水面映晨光。
眼底风光好,
眉间喜气扬。

剪夏

窗外柳枝摇，
阴凉祛夏焦。
瓶花开自落，
书卷淡香飘。
独自书房坐，
依然远众嚣。
悠悠芳草路，
日日似今朝。

忆游武灵丛台

赵国武灵台,
沧桑落古槐。
雕文沉旧迹,
骑射识雄才。
妆阁遗青石,
香阶积绿苔。
悠悠千载梦,
相逐景思来。

白云山游记

山里采风光,
竹荫送夏凉。
阶旁溪水净,
草迹野花香。
独自凭栏处,
悠然看雁翔。
闲情多趣味,
醉醉问斜阳。

玉兰（二）

玉质仙姿独看来，
高枝伫立绝尘埃。
堪留香气浮庭外，
又倚春风次第开。
雾雨收时偏淡泊，
风云近处未徘徊。
不和桃李同荣谢，
只与梅花一起栽。

秋声

夜来风雨送寒声,
又见空阶落叶横。
一岭浮云飘荡处,
几行鸿雁在飞鸣。
斜阳照水涵秋影,
篱菊含香待晚晴。
且任余凉吩咐去,
花开花落任枯荣。

山村秋韵

一排村舍近清溪，
花木相连十里堤。
枫叶经秋方有色，
苇花过雨未曾低。
时闻缕缕香风过，
更见丛丛桂影移。
遥想他年尘事谢，
与君来此共幽栖。

咏腊梅

蝶粉鹅黄大小枝,
迎春送腊未嫌迟。
昔曾移植临窗处,
正是含芳映雪时。
可耐寒霜侵玉骨,
不妨清气发仙姿。
料君也有相知意,
阅尽群芳最爱伊。

郊游

雨霁西山景物嘉,
千林红叶簇烟霞。
秋霜堪染山枫色,
晓露初浮野菊花。
石径通幽闻鸟啭,
溪流出岭绕村斜。
登高念远凭栏望,
一片晴光近水涯。

雪

又见窗前落雪花,
飘飘洒洒逐风斜。
吹成一色明千里,
更倚长空润万家。
午后满庭留妙景,
春来随处问生涯。
经年踪迹应如此,
犹喜新晴伴晚霞。

无题（一）

谁植幽兰倚短墙，
天生丽质冠群芳。
千株含露盈盈态，
一色无尘淡淡妆。
细雨沾衣飘作雪，
晚风拂地碾为香。
远来犹喜经行处，
清气相随绕曲廊。

无题（二）

湖上芳莲岁岁新，
十分清气最宜人。
三更夜雨催新绿，
十里荷风拂旧尘。
昔日余凉浑不管，
如今好梦已成真。
灵根须得灵心绘，
且与清流作近邻。

无题（三）

千寻翠岭与云齐，
薄雾空濛望眼迷。
山外秋光堪易老，
天边雁影向南移。
或因心许经行路，
不复流连十里堤。
料得此情成独忆，
当时何故寄无题。

无题(四)

世事纷纷一笑中，
独留清梦与君同。
满林香气今犹在，
千叠浮云似已空。
片片可堪经雨雪，
年年相约报春风。
岁华正逐斜阳老，
且润梅花数点红。

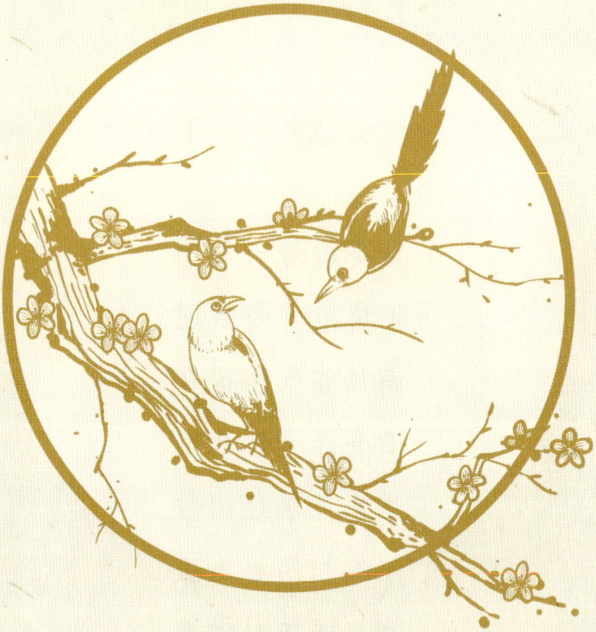

吟词
YIN CI

杏园芳·立春

疏枝尚未红匀,微风已送清新。才经腊雪洗浮尘,更精神。

年年不问寒深浅,无须细数霜痕。犹知春信伴归云,近家门。

声声令·春意

霜痕未尽,春意欣然,恰逢梅蕊破清寒。和风送暖,入村巷,向江天。但愿得、吹散瘴烟。

多少艰难,经暮雨,过关山。纵然千里有情牵。知音共许,合瑶琴,咏幽兰。似这般、花好月圆。

春光好·春柳

峨眉露,半姿身,日争新。料得晓风吹过,绿堆云。

欲借满园春色,重寻一种精神。堪似垂杨千万缕,默耕耘。

被花恼·东湖景物

东湖景物又添新,犹喜玉兰香袅。昨日浮云渐如扫。长堤翠柳,穿枝紫燕,占得春光早。凝望眼,忆游踪,记曾桥畔停征棹。

时节每移迁,花木荣枯见多少。寻常巷陌,一曲笙歌,梦里家山好。那、悠悠往事不堪寻,也休教、闲愁惹烦恼。况此际、冉冉年华都换了。

忆江南·茉莉花

时又夏，茉莉馥芬芳。淡淡香旋孤影瘦，盈盈笑靥两眉长。风远自生凉。

忆江南·油菜花（两首）

之一

油菜蕊，三月吐芬芳。对对金蜂忙采蜜，双双蝴蝶喜闻香。沃野着金妆。

之二

三月暮，风舞菜花裳。万顷金波铺锦绣，千丛丽影溢芬芳。育籽为馨香。

甘草子·白玉兰

清绝。早春初绽,花瓣浑如雪。一缕和风拂,千蕊真香叠。

堪倚素枝仰天阔,又况是、冰姿玉洁。多少韶华被花阅,问那轮明月。

醉红妆·牡丹

曾经雨过牡丹丛,濯枝红,带露浓。隔篱依旧馥香风,寻清梦,觉春融。

堪知芳意发由衷,既慷慨,又从容。料得初心仍缱绻,堪共赏,与君同。

碧牡丹·绿牡丹

陌上花开后,才又看,还依旧。碧影临阶,渐觉暖香盈袖。一抹斜阳,衬、万条垂柳。残云消,远峰秀。

也堪受,憔悴琼枝瘦。仍逢暮春时候。月转星移,且任雨疏风骤。草木含情,况、叶根相守。与山川,共长久。

蕙兰芳引·兰

凉影暗侵,未妨碍、淡香轻度。记、柳絮飞时,曾绕竹庭深处。暮云带雨,怎禁得、玉兰盈树。更引清风至,拂却流烟飞雾。

共倚长林,犹铺芳径,不论寒暑。任花落花开,直到物华老去。青山入梦,夕阳无语。不觉间、春事又成千古。

南浦·春意

窗外晓风吹，任去来、忽送一湖波皱。遥看翠帘垂，君莫问、应是绕堤杨柳。欲思往事，都随逝水东流走。犹记征鸿栖此处，谁个淡然相守。

虽然归棹从容，怎禁得、难忘异乡邂逅。回忆旧游踪，仍留得、别时那把红豆。庭花谢后，也知幽梦难长久。身外闲愁浑不管，春意却还依旧。

红罗袄·落花

落花辞旧树，凋叶寄归根。料、鹊去无声，幽窗深锁，月迷行处，芳径犹存。

更何况，江畔凉云，还添一岸霜痕。怅送那番春，却换得、景物逐年新。

庆宣和（三首）

之一

谁料江城寒料峭，负了春早。却喜霜云渐如扫，去兮，去兮。

之二

何奈阴云锁万家，咫尺天涯。只待春来共晴霞，祈也，祈也。

之三

犹待梅开破雪寒，梦引情牵。料得芬芳似当年，依然，依然。

玉漏迟·与梅同调

故园风雨霁,燕莺声啭,玉兰香袅。千叠云消,又值一年春好。百卉清芬争馥,浑不管、余寒犹峭。应为了、梦里光阴,花前欢笑。

遥看凝黛群山,见、绿树参差,翠峰环绕。海晏河清,安得夜深灯悄。多少襟怀与共,料只有、星光知道。头白早、还与墨梅同调。

春晓曲·伤春

无端骤雨惊双鹊,脉脉分飞已各。早知触景易伤春,不怨落花香转薄。

齐天乐·初心

和风又度湖边院,犹喜瘴烟吹远。残雪消融,曙霞遥映,最是新晴带暖。暗香迎面,见、疏蕊横前,清枝经眼。独立楼台,更闻树上鹊莺啭。

去冬寒意还在,但知携手处,琼英初绽。芳草连堤,轻鸥点水,几处垂杨拂岸。春光一片,念、燕子纷归,故情难断。万物争新,料、初心不变。

南歌子·又作江南客

又作江南客,仍逢雨后春。别来景物一番新,最是繁花处处散清芬。

旧梦终归浅,初心却自珍。物情变换渐无痕,且把经年幽怨付烟云。

万里春·岭南春

春云薄薄,卷和风帘幕。可堪寻、布谷催耕,一川烟雨落。

柳岸还如昨,最难忘、水边楼阁。记当时、喜鹊临窗,把相思遥托。

占春芳·好时光

春意满,浮云散,忘却许多凉。最是微风飘过,又添玉兰清香。

独自倚斜阳。似而今、常坐书房。不须惆怅芳华晚,安度韶光。

如梦令·江畔

江畔雨疏云薄,风影更惊双鹊。纵是已分飞,莫怨欢枝栖错。萧索,萧索,浅渚平芜如昨。

如梦令（四首）

之一

漫步小河东路，雏鸭偶来三五。相戏弄清波，时会一旁慈母。留步，留步，最喜赏心真趣。

之二

常记昔年春仲，相互扶携与共。辗转又回眸，难忘别时相送。珍重，珍重，聚散恍然如梦。

之三

淡对斜风细雨，静看浮云来去。独倚绿窗前，窗外青山无语。无虑，无虑，闲把诗词来赋。

之四

遥看群峰凝翠，犹对小桥流水。闲倚古楼台，一缕清香迢递。沉醉，沉醉，尽享盈盈春意。

凤凰阁·安居

闲行芳径，偏爱成丛翠竹。恰逢枝叶舒新绿，独有清香纷馥。劲节高矗，又况是、青青满目。

诸般风骨，一片冰心似玉。已然轻展眉峰蹙。风静雨静林静。安居空谷，且赋得、幽兰一曲。

上林春令·春晴

天际烟云如洗。望不尽、晴岚浮翠。自从倦鸟归林，又喜见、芰荷映水。

或因独立清风里，不时有、暖香迢递。莫非昔日春光，还留得、几分馨味。

偷声木兰花·春趣

行看春岸东西路,谁种柳条千万树。恰似依依,料得熏风染绿衣。

也知翠幄连芳草,更有繁枝栖倦鸟。我欲倾听,却是新莺百啭声。

留春令·留春愿

岭南风暖,岸边云远,故园花满。忆昔同君别江亭,只可惜、相知晚。

聚散匆匆终觉短,奈时光如电。堪叹心事付东流,有多少、留春愿。

桃园忆故人·怀旧

朝来又过桃园路,但见娇红一树。谁料飞云带雨,零落花无数。

浮云散去曾回顾,何奈香枝凝露。多少别离情绪,此际无人诉。

盐角儿·月圆花好

南枝鹊绕,北枝鹊绕,依然争巧。和风送暖,凉云吹远,已无烦恼。

望层峦、连芳草,谁家又、炊烟袅袅。更何况、春山未老,多少月圆花好。

孤馆深沉·韶景

曾经薄雨落窗棂,残雾掩春庭。但草木翻新,碧水荡清,烟柳摇晴。

又况有、暖风吹拂,伴喜鹊和鸣。料今后、瑞云浮动,更添韶景充盈。

摘得新·暖香

柳色新,犹闻鹊语频。薄凉应已远,不需陈。春风又度经行处,暖香存。

江月晃重山·归燕

天际烟云看尽,也曾风雨相随,燕归应已适幽栖。吟春色,依旧倚晴晖。

几处和鸣百啭,谁家连理双飞?钟情还是合欢枝。多荏苒,却又醉芳菲。

厅前柳·又逢春

又逢春。水面阔,江风暖,柳枝新。望、携手经行处,驻晴云。那寒意,了无痕。

况此际、斜阳明远岸,有、连绵碧草铺茵。但愿留清气,待黄昏。驻清梦,守幽真。

瑞鹤仙·念故乡

故乡山水绿。况而今,正值春光满目。亭亭岸边竹,倚栏看,犹似翠屏高矗。鸣莺隔谷,也堪寻、归燕入屋。且、苍松倚石,青草沿阶,紫岩飞瀑。

时有清风吹拂,天际无云,望中如沐。繁花锦簇,新叶郁,暖香馥。记当年,还在楼头窗畔,曾栽数株兰菊。任阴晴反复,真色自然别俗。

醉春风·春游

远处山凝翠,丛中花半紫。凭栏遥看满庭芳,醉、醉、醉。垂柳风轻,碧天云静,玉兰香细。

不论经行处,多少荣枯事,只留馨味伴流光,记、记、记。归燕欢声,昔年清梦,故园春意。

醉乡春·春暮

巷陌正飘飞絮,园树已遮庭户。旭日照,晓风吹,犹见雁离江渚。

又近一年春暮,渐觉繁花老去。看多少,似寻常,却沿曲径行幽处。

鱼游春水·暮春

西园晴日暖,仍有馨香轻拂面。一排杨柳,依旧半垂堤岸。偶见湖中赤鲤翻,且喜枝上黄鹂啭。迟景未穷,斜阳无限。

多少韶华过眼,回首处、芳菲落半。堪如逝水浮萍,飘零渐远。但觉竹隐清风过,浑忘花开时节短。犹待瘴消,不愁春晚。

采鸾归令·倦鸟

杨柳风吹,忆昔庭前乱絮飞。独怜倦鸟误归期,不堪啼。

每当浓淡云遮路,不怕清寒雨湿衣。又还憔悴暮春时,有谁知。

采鸾归令·清梦

天际征鸿,又过关山第几重?纵然薄雾锁长空,却从容。

也期春夜溶溶月,且喜云溪淡淡风。早知清梦系初衷,与谁同。

彩云归·飞花

飞花点点掠双眸。可堪随、逝水东流。回首时、一缕馨香度,凝望远、绿染芳洲。最应喜、浪平江阔,那、云消雨收。又况是、鹊鸣高婉,柳舞轻柔。

何愁。征程万里,也知谁、一路同舟。旧游渐远,归梦飞绕,好景长留。奈几经、寒来暑往,似觉双鬓成秋。仍期待、春岸停栖,竹径寻幽。

据解令·新晴

雨收犹喜赏新晴。看不尽、青葱满目。庭前恰又过香风,且望处、海棠簇簇。

绿阴似沐,尽管炎光反复。堪知景物也关情,最是那、一花一木。

采绿吟·江畔

别岸停征棹，恰此际、雾敛云收。芙蓉照水，桂花经雨，杨柳含秋。倚栏凝望远，依稀见、雁鸿又落沙洲。似当年，珠江畔，清风明月相伴。

时节又添凉，仍留得、娉婷枝上红豆。咫尺却天涯，惹得许多愁。愿流年、无愧芳华，依然有、知音共清幽。堪携手，空谷论琴，平湖泛舟。

点绛唇·喜鹊穿枝

喜鹊穿枝，千声百啭何人晓。一双飞绕，犹喜春来到。

闲弄琴筝，还是相思调。知音少，故情难表，转眼春光老。

点绛唇·心情好

竹引清风,重重宿雾浑如扫。暂停征棹,渐觉蝉声杳。

且倚溪桥,但见闲云少。心情好,更无烦恼,不觉韶光老。

清平乐·春色

梅枝穿鹊,草木添春色。似与清风先有约,多少俗尘拂却。

闲来静倚书窗,手心捧读时光。淡墨清香移近,仍将自信徜徉。

清平乐·春意

玉兰初绽,且把清香散。未尽余寒终觉浅,最是芳菲满眼。

纵经无数艰难,闲愁留与从前。莫道前行路远,清歌分付经年。

清平乐·竹林深处

竹林深处,绿掩溪桥路。最是清风消酷暑,谁个筑篱居住。

陈年老酒新开,相邀亲友同来。遥对一轮明月,且抒不老情怀。

清平乐·闲云

闲云渐远,偶尔舒还卷。一缕晴霞遮望眼,顿觉春融日暖。

经年自惜芳华,不辞淡饭粗茶。挚友时常赠勉,向来喜种莲花。

清平乐·闲庭院落

闲庭院落,桐荫还如昨。喜鹊双双枝上跃,似是悠然逸乐。

闲来汲水烹茶,坐观天上云霞,不负眼中美景,依然自惜芳华。

清平乐·别绪

霎时风雨,零落花如许。恰值江南春色暮,多少离情别绪。

临窗树影频移,似惊枝鹊幽栖。料得渐飞渐远,无须再数归期。

清平乐·窗外

东湖窗外,碧水澄山黛。最是十分春意在,疑是画堂色彩。

波光潋滟争明,凭高纵览阴晴。回念千般过往,纷纷堪落浮萍。

清平乐·剪夏

夏天过半,绿满湖堤畔。心事似随波浪远,却淡离愁一段。

水边杨柳青青,枝头燕语轻盈。料得十分惬意,怎能辜负怡情。

清平乐·梅报新春

余寒未尽,梅报新春近。疏影横窗香作印,安得白霜染鬓。

为谁憔悴芳颜,向来脉脉无言。多少襟怀如故,荷风清梦萦牵。

武陵春·湖莲

一水盈盈相照影,独立翠围中。最是香飘十里风,犹过小桥东。

遥望湖莲千万顷,却喜本根同。恰有斜阳落照红,静境共从容。

茅山逢故人·挚友

云雾随风缥缈,禅乐临溪轻袅。雨霁阳娇,峰青凝翠,泉声惊鸟。

亲朋故地重逢,人意还如春好。瑞气氤氲,清香浮动,笑声云表。

花犯·石榴

　　夏初临，溪桥两岸，千灯照双眼。淡香迎面，却见绿丛中，点点红绽。或因十里熏风暖，琼英争璀璨。料得到、中秋时节，金房甘露满。

　　堪知结子似天工，还曾细看取，相依相伴。情缱绻，依然是、共同心愿。经行处、石榴万树，且堪喜、繁枝栖紫燕。纵有那、斜风吹雨，初衷从未变。

相见欢·幽兰

真香只许幽兰,醒三观。未教斜风骤雨损芳颜。

桃李妒,谗言误,似云烟。谙尽浮生难得是清欢。

相见欢·荷

亭亭出水芙蓉,沐熏风。最是香生静境本根同。

清照影,成千顷,记初衷。只与爱莲君子共从容。

相见欢·江上沙洲

曾经江上沙洲，泊孤舟。无奈斜风细雨惹闲愁。

窗前柳，还依旧，且纤柔。仍伴清风明月守清幽。

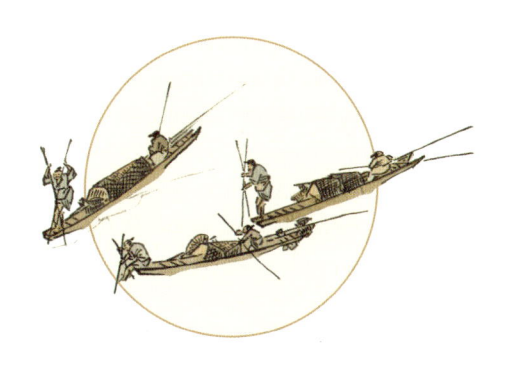

杏花天·榕树

犹似仙翁门前立，最堪惊、虬枝繁密。纵然万事都经历，孤树依然雄逸。

回首处、暖凉独忆，到头来、沧桑自悉。惯见东西南北客，最是浮云踪迹。

卜算子·空谷幽兰

空谷倚磐石,溪畔横疏影。可奈年华片片香,落满云山径。

千里沐熏风,一曲清歌咏。最是凭高望远方,独耐风霜冷。

卜算子·木棉花

高树簇千灯,一片云霞映。俯视东邻杏李尘,却喜城中景。

凝望向天空,曾伴征鸿影。多少芳华付绿荫,不惧寒枝冷。

醉花间·人意好

记得云山炎夏早,茂林清荫绕。高树有蝉鸣,幽径清香袅。

景如人意好,说与君知道,或因相见少。有缘何处不相逢?况而今、情未了。

西锦地·游趣

又值春光明媚,记东湖十里,晴波映碧,琼花馥郁,柳风摇翠。

回念千山万水,似、只留馨味。而今更识游中趣,任尘生云起。

越溪春·竹林

遥看竹林凝翠雾,依旧倚晴云。若非叶下含清露,又怎知、风雨方陈。恬淡精神,凌空气节,谁个为邻?

何时远避嚣尘,安得守幽真。纵然时节已入仲夏,炎天正伴黄昏。犹是岁华今过半,霜鬓又添新。

忆王孙·夏日

曾栽青竹近书窗,犹喜风前淡淡香。料得今年一夏凉。好时光,静处何妨炎日长。

忆王孙·蝉

溪边柳树有蝉鸣,韵响高悬不绝声。白露凉风未觉惊。五音清,一曲长歌赋晚晴。

忆王孙·七夕

长虹收雨挂天腰,又在天边架彩桥。织女牛郎醉碧霄。远尘嚣,顿觉胸中百虑消。

芭蕉雨·旧约

雨后凉云渐薄,冷风吹柳岸,还如昨,况倚水边楼阁。怎奈暗露惊秋,清霜已落。

合欢枝上喜鹊,应是怨栖错。偏又在异乡、情难托。但愿得、两心知。多少往事悠悠,仍存旧约。

夏云峰·白云峰

白云峰,闲阶静,绿荫深掩其中。林鹊并枝对客,入竹穿松。倚栏遥望,满眼是、翠雾蒙蒙。看不尽、群山霁景,万里晴空。

纵然游遍芳丛,最难忘、路旁岩桂香浓。犹见石泉细细,涧水淙淙。清流难断,无论是、春夏秋冬。多少个、艰难险阻,未改初衷。

华清引·夏蝉鸣

林中正有夏蝉鸣，最是音清。纵然风雨经过，悠悠不绝声。

每当合曲奏琴筝，一番真意倾城。鬓华难自掩，心事诉谁听。

华清引·晚霞明

朝来却喜鹊飞晴，最是风清。拟将舟泛江上，应如一叶轻。

冷风细雨也曾经，也都纷落浮萍。漫随流水去，犹见晚霞明。

华清引·归舟

遥看远岸晓云悠,雾霭初收。不时征雁飞过,依稀念旧游。

夕阳恰又照江楼,异乡偏感多愁。拟将辞倦旅,犹待踏归舟。

垂丝钓·雁栖水畔

雁栖水畔,暑炎浑似消散。柳下泊舟,竹荫遮院。凝望眼,见、小荷微绽。一妆面,那、繁红万点。

钓船独坐,堪如图画中现。物华看遍,忘记江湖怨。渐觉嚣尘远。情缱绻,却、始终未变。

鼓笛令·竹

晓来独自行山麓,最喜听、鹊声鸣谷。驻足寻闻凝远目,更还见、石磬飞瀑。

雨后竹林如沐,似前番、半空高矗。料得年年呈新绿,况今夕、千峰秀郁。

双瑞莲·莲

晴霞收宿雨。见、绿盖连天,红裳浮露。清风习习,且把暖香轻度。纵有闲云舒卷,怎禁得、亭亭荷举。凝望处、瑞莲鉴水,芳洲栖鹭。

最喜静境生根。任、桃李争先,蓬蒿相妒。斜阳影里,仍对渔家门户。淡伫精神依旧,每忆起、未曾辜负。谁与诉、不尽惜花情绪。

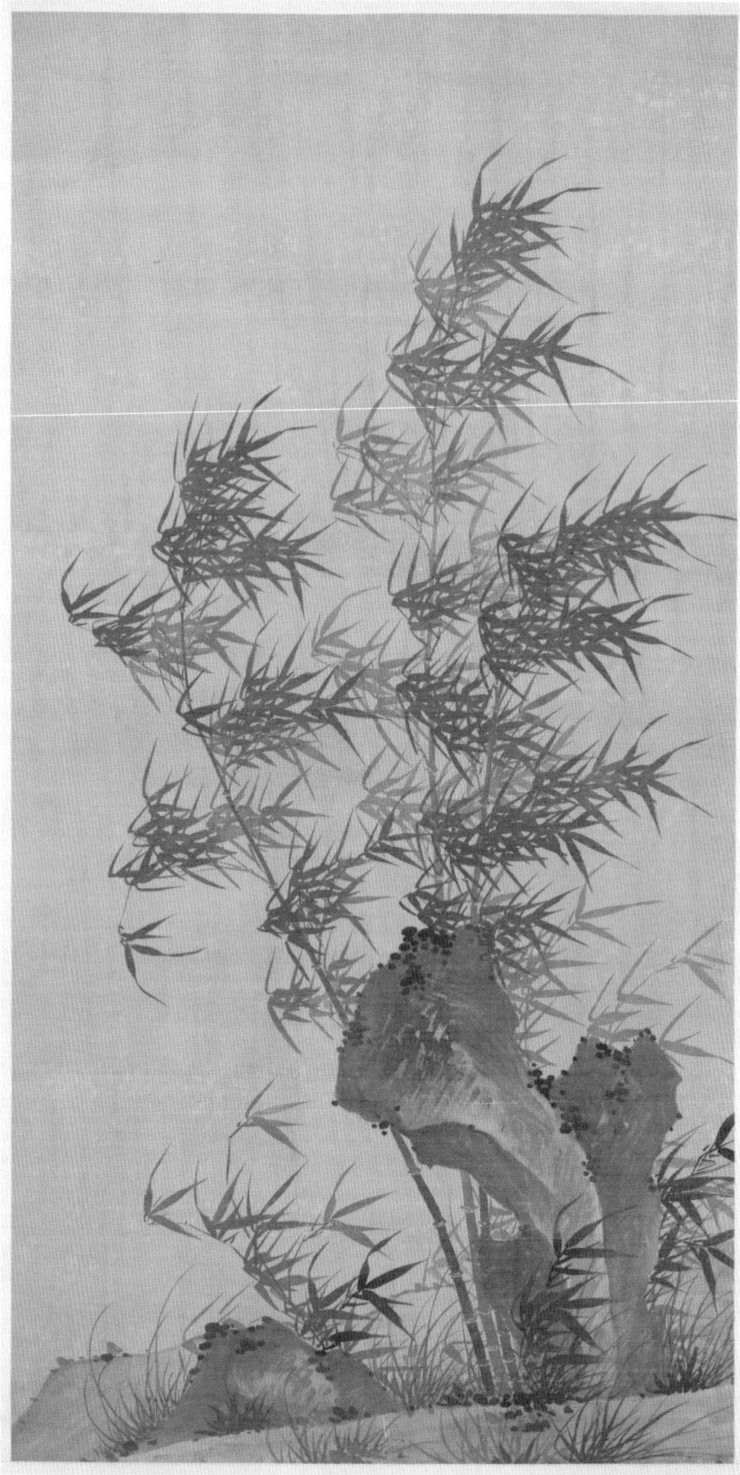

探芳信·采莲

鹊鸣早。对、十里清风，一湖澄照。望、碧波微漾，依旧泛轻棹。水中无数莲蓬举，又送余香袅。念当时、秀影参差，翠围环绕。

却喜嚣尘杳。况、静处行舟，无心品藻。莫问经年，见沧浪、有多少。往来纵是阴晴半，不觉韶光老。但闲愁、已似云烟了了。

长相思·风雨行

风里行，雨中耕，芳草平铺万里程。犹知溪水清。

人留名，树留声，一曲清歌赋晚晴。堪听喜鹊鸣。

长相思·云山深

云山深，茅山深，空谷幽兰近竹林。流泉响似琴。

清气吟，喧嚣沉，独抱坚贞恬淡心。却听悦耳音。

长相思·盼重逢

风融融，日融融，雨后蔷薇色正红。悠悠馨味浓。

来匆匆，去匆匆，暂别闲庭小院中。重逢在梦中。

长相思·鹦鹉学舌

眼中观，耳畔传，切莫闲谈鹦鹉前。出言风雨繁。

同事间，有缘牵，心底无私天地宽。众和似石坚。

长相思·端阳

知端阳,感端阳,身在江南这一方。心随鸿雁翔。

不思量,又思量,客里时常念故乡。倚窗望月光。

长相思·腊梅

新梅枝,老梅枝,新老梅枝开未迟。故园春色归。

东风吹,晴雪飞,偏爱怜君清绝姿。知谁最似伊。

浪淘沙·残红

时雨洗长空,犹净秋容,飞来云雾已无踪。难忘经行萧瑟处,独对西风。

却喜见残红,一朵香浓,依然清致冷霜中。纵是徘徊风露下,知道何从。

浪淘沙·寻梦

寻梦到天涯,却又离家,且随鸿雁落平沙。岭外堪经风雨后,犹见晴霞。

偶尔有闲暇,也话桑麻,昔时金菊正开花。岁月悠悠如过隙,不负芳华。

浪淘沙·心境

疏雨送秋声,心事堪惊,平添些许夜愁生。辗转无眠难自释,直到三更。

窗外月光明,似水盈盈。浮云舒卷已消停。一路相期如此刻,最是风清。

浪淘沙·新凉

疏雨又添新凉,湖水茫茫。遥山如黛对轩窗。回首秋来清冷处,最是难忘。

似已断离肠,不再思量,寒来暑往本寻常。岁月只留馨味在,更惜韶光。

浪淘沙·江上芳洲

江畔柳风柔,曾泊孤舟。绿荫深掩小层楼。最是一年春好处,还驻芳洲。

雨过暮云收,却锁眉头。时光堪解许多愁。流水落花都去也,馨味长留。

浪淘沙·鸿雁

天气转清凉，又送秋光，恰逢鸿雁向南翔。纵是征程千万里，当作寻常。

风雨也无妨，见惯沧桑，一生冷暖落斜阳。料得江河留过影，自信徜徉。

浪淘沙·共从容

荷叶与芙蓉，翠绿娇红，婵娟影下本根同。只与清流相照影，不变初衷。

萍水偶相逢，且共从容，湖塘柳陌度香风。多少荣枯多少事，都已成空。

浪淘沙·清欢

窗外雨绵绵,云暗江天,垂杨院落晓风寒。记得当时携手处,栖鹊难安。

人静意阑珊,来去随缘,花开花落一年年。些许闲愁浑忘了,尽享清欢。

浪淘沙·闲趣

秋院小窗虚,桂影扶疏。香风恰解客心孤。况值西风吹过雁,千里江湖。

坐看晓云舒,还似当初,闲中捧读几行书。犹是一年春事了,不问荣枯。

浪淘沙·聚散匆匆

风雨谢残红,无影无踪。漫随江水尽流东。唯有一轮天上月,又照窗中。

聚散太匆匆,幽怨无穷。渐行渐远渐成空。多少征尘多少事,寄与飞鸿。

浪淘沙·往事如烟

枫叶又红翻,秋意阑珊,清风还又扫尘烟。几处残红凋谢后,应已凝寒。

往事亦欣然,不再流连,经年聚散霎时间。回念江城分别后,唯愿平安。

鹧鸪天·郊游

十里芬芳泛远郊，小村风景画难描。清泉细细流窗外，喜鹊时时绕树梢。

秋色里，桂香飘，垂垂果实挂枝条。月明堪照来时路，益友同行百虑消。

鹧鸪天·书阁燕

飞燕幽栖书阁中，呢喃隽语墨香浓。曾经惆怅听林雨，今日从容赋竹松。

承玉露，沐春风，家家户户觉春融。清歌一曲随风远，常借青笺表寸衷。

鹧鸪天·立秋

昨夜初闻秋雨声,朝来顿觉晓凉生。莫非午后炎光足,堪待晴时爽气增。

新故事,旧心情,个中难得自知明。一年四季香盈袖,宠辱无惊心自平。

鹧鸪天·冰心

画饼充饥终是虚,守株待兔妄机愚。薄凉密数难长久,宽厚仁慈性本初。

今日里,古人书,惟真堪作夜明珠。百般巧计输诚稳,一片冰心在玉壶。

木兰花·咏玉兰

忽然几缕香迎面,但见素娥枝上绽。恰逢幽径晓风轻,犹觉故园春日暖。

新妆淡伫寻常见,却喜四围清气满。花开花落一年年,缱绻襟怀终不变。

木兰花·人意好

绿杨堤畔东风袅,一抹闲云归落照。轻鸥傍水岸边浮,喜鹊穿枝花上绕。

旧游如梦君音杳,莫怨东湖春易老。悠悠往事不堪寻,只念当年人意好。

木兰花·秋思

恰逢天际行云定,闲步溪旁青石径。已开菊蕊递清香,且见竹枝摇翠影。

早知郊外多风景,更有平畴千万顷。青山绿水共为邻,润物无声秋院静。

木兰花·谈笑声中

立秋之日天晴朗,登览香山峰顶上。晴溪如练绕村旁,红叶满林堪醉赏。

清风吹我精神爽,也约亲朋来共享。一年难得有清闲,谈笑声中胸敞亮。

减字木兰花·芙蓉照水

湖光十里,朵朵芙蓉初照水。试濯新妆,一缕芬芳入小窗。

初心未改,似水柔情堪似海。恬淡精神,净处生根不染尘。

减字木兰花·江南美

约君同醉,五月江南春正美。喜鹊和鸣,雨霁新晴百虑清。

榴红时候,难忘碧园曾邂逅。一盏新茶,共倚楼台看晚霞。

减字木兰花·出水芙蓉（两首）

之一

东湖十里，出水芙蓉红旖旎。占得秋光，更度清香送夕阳。

凭栏望远，远岫闲云舒又卷。风雨如磐，花落花开又一年。

之二

湿云未敛，但见芙蓉尘不染。一水盈盈，最是馨香静境生。

拟将清梦，分付平波千里送。万里晴空，恰又携来两袖风。

减字木兰花·垂杨

熏风送暖,遥看翠条垂两岸。十里河堤,又借春屏挂绿衣。

经行之处,但见新枝千万缕。草木争荣,默默无言却有情。

减字木兰花·静境

无言相送,往事如烟浑似梦。鹊报新晴,远处传来百啭声。

薄云尽敛,雨后红蕖妆更艳。一缕香存,静境安身未染尘。

减字木兰花·金坛初夏

金坛初夏,烟雨蒙蒙浑似画。数亩家园,恰在青山绿水间。

倚栏远眺,袅袅炊烟林外绕。万里清风,又引晴霞散远空。

减字木兰花·旅思

昔年住处,窗畔玉兰开满树。且伴芬芳,未觉他乡日夜长。

恰逢人好,携手同行闲事少。抱朴归真,益友箴言耐久存。

减字木兰花·离家千里

离家千里,常感归心无处倚。母子相牵,只道平安万虑宽。

明霞一缕,收尽天边风与雨。欲问征鸿,远近云山过几重?

减字木兰花·益友

初开丹桂,浓郁清香宾客醉。今又端阳,却喜逢君在异乡。

良朋益友,携手同行堪共久。有梦相随,不怕天寒雨雪飞。

减字木兰花·征鸿

征鸿万里,览阅千山和万水。日夜兼程,且把初衷寄远情。

相依相伴,料峭西风吹不散。不负韶光,纵是年年别故乡。

鹊桥仙·郊游

群峰叠秀,一泉飞落,天际晴云又卷。青桃红杏缀繁枝,更有那、榴花照眼。

闲行小径,犹迷芳草,益友应邀相伴。怎知溪畔小村庄,早已是、春光一片。

鹊桥仙·回首

一江烟雨,满城翠绿,景色融融似旧。客中又遇岭南春,最爱这、花开锦绣。

当年相惜,故园离散,往事不堪回首。真情不敌一谗言,已难以、天长地久。

鹊桥仙·缘浅

旅情几许,秋思无限,忘却闲愁牵绊。白云山顶尽徜徉,忽儿地、眉峰尽展。

曾经来过,犹存记忆,何奈曲终人散。一双枝鹊不堪惊,莫不是、春深缘浅。

鹊桥仙·相思

天高气爽,风轻云淡,遥看湖光如练。清风微漾碧波长,更目送、征鸿向远。

枝间喜鹊,岸边归棹,情景犹如重现。夕阳西下近黄昏,又惹得、相思无限。

鹊桥仙·错付

半江云冷,一枝梅醒,风雨晴时过午。但闻鸟雀试春声,又仿佛、闲言碎语。

更添幽怨,频惊清梦,惹起闲愁无数。欲将往事付云烟,却难忘、真情错付。

鹊桥仙·谗言

百花含蕾,千枝泛翠,烟雨连绵不断。晓来乌雀哢音高,乍听得、喧声浮浅。

闲愁无数,归思参半,渐觉客程情远。无缘对面不相识,又何必、言长论短。

菩萨蛮·玉兰

春来又觉和风暖,玉兰早已飘香远。依旧贮清新,居尘不染尘。

花开千万树,欲把春留住。处处有芳菲,花开知为谁。

菩萨蛮·茅山游

绿荫深掩临窗处,湖边小楼重相聚。窗外野花黄,风吹阵阵香。

纵然山路远,却喜春枝满。清梦与君同,真情似酒浓。

菩萨蛮·田园风光

枝头兰蕊飘香玉,春风又染千山绿。清水灌蔬园,麦青十里田。

夕霞澄远照,几缕炊烟袅。溪岸有人家,客来唤饮茶。

菩萨蛮·采莲

采莲又向湖心渡,行舟未忘来时路。堪喜晚香浓,且飘十里风。

水清时照影,不怯斜风冷。犹是有知音,更知何处寻。

菩萨蛮·清梦

来时路上多芳草,寻常更觉闲愁少。独步鉴湖边,闻香识玉莲。

荷风清梦远,十里馨香散。静处固其根,从来不染尘。

菩萨蛮·山村

清溪一曲村前绕,小桥流水炊烟袅。对岸一人家,泠泉正煮茶。

微风吹茉莉,熏得游人醉。最是远嚣尘,竹松作近邻。

菩萨蛮·珠江夜景

珠江夜景妖娆色,重游又作他乡客。一地两经春,而今万物新。

那轮江上月,依旧圆无缺。闲倚彩虹桥,恍如在碧霄。

菩萨蛮·孤鸿

忽然一阵风和雨,庭花零落多如许。最是晓凉生,夏蝉渐绝声。

闲中茶一盏,坐看云舒卷。却见一孤鸿,翱翔在远空。

菩萨蛮·孤舟

孤舟曾系江边柳,西风吹起微波皱。最是晓凉生,隔窗听雨声。

相思难以表,何奈归期杳。摇橹过横塘,却闻荷叶香。

菩萨蛮·处处春

清溪一曲晴波远,青墙黛瓦临伊岸。秋色映斜阳,棠梨满院香。

山前幽静处,留得韶光住。梦绕小山村,人间处处春。

菩萨蛮·秋

闲行曲径频回首,东湖风景还依旧。但见小芙蓉,亭亭立水中。

倚栏遥望处,时有清香度。怎奈近中秋,只将馨味留。

菩萨蛮·旧尘

无端一阵斜风度，霎时吹落花无数。聚散太匆匆，恍如在梦中。

纵然情未了，何奈佳期杳。温故以知新，而今无旧尘。

菩萨蛮·思绪

当初喜鹊辞庭树，原来枝叶凝清露。憔悴一年春，却迎万物新。

浮云都散了，最是闲愁少。相与采芙蓉，香飘两袖风。

菩萨蛮·心安

芭蕉雨落秋声踵,可堪陶冶荷风梦。独倚石桥边,闻香识玉莲。

天高清气爽,远望胸怀广。莫道又新凉,心安是吾乡。

菩萨蛮·流连

秋来何处流连久,池边坐看芳莲秀。如玉本根同,从容风雨中。

堪随流水远,且把馨香散。最是阅春秋,清歌却久留。

菩萨蛮·心境

历经多少闲风雨,冷云舒卷浑无语。空谷结幽兰,溪边倚石磐。

因知清梦远,未觉芳华晚。不负向来情,从容度此生。

采桑子·燕分飞

初春忽遇斜风雨,花蕊辞枝,芳草青迟,最是清寒凉透衣。

一双紫燕分飞去,别梦依稀,难解相思,今后应无再见时。

采桑子·故地重游

别来又作江南客,散了浮云,喜鹊鸣晨,故地重游处处新。

岁华向晚闲愁少,远避嚣尘,犹抱幽真,仍与青莲作近邻。

采桑子·寻幽

闲来独自行幽径,阶石无尘,岩桂香匀,最是秋容处处新。

凭高远望山村外,松竹为邻,共倚晴云,还伴清风送雁群。

采桑子·惊鹊

江边曾遇斜风雨，枝鹊分飞，且各东西，梦里重逢多少回。

悠悠往事如流水，斗转星移，却已难追，一别经年远是非。

采桑子·秋山

云消雨霁天容净，十里秋风，遍染霜丛，又见枫林一片红。

香山脚下凭栏处，溪水淙淙，犹过村中，堪似平津流向东。

采桑子·缘

偶然回念经行处,竹引清风,吹遍芳丛,草绿花红春意浓。

缘来缘去浑难定,聚散匆匆,且各西东。再见犹如在梦中。

赤枣子·初秋

残暑退,晓凉生。已知桐叶带秋声。千树任由青鸟落,四时何碍白云轻。

赤枣子·桂树

栽桂树,近楼台。时来疏雨洗尘埃。残暑已消清影下,晚风犹遣淡香来。

黄鹂绕碧树·与君为伴

回念经行处,荷风弄影,藕香飘散。曲径通幽,见、群峰叠秀,石泉清浅。夕阳照晚,不时有、归思浮现。难道是,梦里家山又唤,遥天飞雁。

料得闲庭小院,似前番、绿荫成片。且依旧,看、黄鹂绕树,杨柳垂岸。几度客尘满目,却可鉴、情无限。仍将万里同行,与君为伴。

塞孤·初秋

晓凉生，渐觉炎天短。十里湖光如练。但见荇荷凋绿伞。时节换，秋声转。凭栏处、露珠圆，犹是那、芙蓉浅。漫行幽径，丹桂初绽。

遥想叶落时，坐看云舒卷。料得天边鸿雁，又向南翔千里远。疏雨过，长空阔。知草木，有荣枯。依旧是、情无限。又何妨、冷暖相伴。

梦芙蓉·秋景

潇潇烟雨静。但、凉云欲卷,霁秋渐冷。雁栖湖畔,庭外觅幽境。晓风虽不定,难惊波面疏影。出水红妆,正、亭亭玉立,犹有几千顷。

梦绕家山秀岭。零落残红,片片知谁领。且寻归处,依旧是芳径。暗尘从此净,今朝顿觉清醒。不妨随岁月,沉醉好风景。

行香子·山下人家

山下人家,竹作篱笆。小窗外、满架园瓜。树根闲坐,泉水煎茶。看过溪云,南翔雁,石榴花。

几多妙境,如许生涯。淡名利、不染浮华。个中知足,此外何加。更伴清风,伴明月,伴晴霞。

行香子·山村秋色

秋入疏窗,风送新凉。南山下、溪绕村庄。闲庭小院,花果飘香。有黄瓜翠,雪梨白,菊花黄。

欲行芳径,先到长廊。依然见、竹作篱墙。闲来乘兴,到此徜徉。觉山凝翠,水涵空,梦飞翔。

行香子·菊蕊含娇

菊蕊含娇,丹桂香飘。秋天里、景色如描。山明水阔,云静天高。宜倚晴空,看明月,度清宵。

溪风吹醒,清露凉萧。逢佳节、远避喧嚣。闲来幽径,过滤尘劳。但远山长,飞鸿远,故乡遥。

行香子·秋入梧桐

不觉西风，又过梧桐。江天阔、云淡波溶。登高远望，满目晴空。拟看红叶，寻归梦，数征鸿。

景堪共赏，梦与君同。近重阳、再次相逢。清秋露冷，桂子香浓。也更清绝，更潇洒，更从容。

行香子·遥看澄江

遥看澄江，静倚虚窗。近重阳、人在他乡。金秋时节，山里风光。有许多情，许多景，许多香。

松风浩荡，清梦悠扬。倚晴空、征雁南翔。何忧疏雨，不管新凉。过平湖上，秋水畔，远峰旁。

行香子·倚清风

　　小院栏间，红菊香传。近重阳、淡月婵娟。秋归天际，雁过云边。且倚清风，过沧海，对晴天。

　　别思如昨，回首经年。若相逢、依旧悠然。愁生影落，梦引情牵。愿花长好，人长健，月长圆。

临江仙·闲愁

　　难忘珠洲三月暮，曾经暂泊孤舟。绵绵梅雨总难休，湿花零落处，随水已东流。

　　犹记当年携手处，不时雾锁江楼。寻常淡薄不堪惆，本无招俗事，何虑惹闲愁。

临江仙·清歌

丹桂飘香时节，露荷翻叶方塘。纵然堤岸落斜阳，但逢新雨霁，不觉晚风凉。

犹是一湖秋色，又添十里风光。清歌余韵尚悠扬，流年多荏苒，往事莫思量。

临江仙·江阔水溶溶

曾记当年携手处，秋声犹绕梧桐。一双枝鹊各西东，和鸣应渐远，话语已难同。

料得江城离别后，余生难再相逢。而今千里逐征鸿，天高云淡淡，江阔水溶溶。

临江仙·归路

云淡天高秋色静,恰逢雨霁初晴。新凉时节晓风清,天边飞雁远,湖上碧波平。

眼里风光无限好,枝枝叶叶关情。一肩风雨落浮萍,故枝飞鹊绕,曲径晚霞明。

临江仙·信念

纵是征程千里远,年来仍在天涯。故园多少木兰花,分明知寂寞,依旧淡浮华。

十里芬芳分付与,寻常巷陌人家。清歌一曲守清嘉,暗香深院发,疏影一枝斜。

临江仙 · 曲终人不散

　　山水连天凝望远,秋来景物澄清。东湖更是碧波平,清风吹苑树,明月照江城。

　　曾在梅园东畔驻,惹来无限闲情。十年踪迹似飘零,曲终人不散,花落冷香萦。

捣练子·荷

生静境,远嚣尘,玉赋天姿是本根。十里芰荷张绿伞,只留馨味伴黄昏。

捣练子·走天涯

随北雁,对西风,又过关山第几峰。身在异乡常作客,每逢佳节盼重逢。

捣练子·雨绵绵

风瑟瑟,雨绵绵。秋意阑珊晓露寒。独上景楼凝望远,一排鸿雁在天边。

踏莎行·邂逅

渐近中秋，疏红初瘦。征鸿又到飞时候。也知草木有荣枯，昔年惆怅还依旧。

犹有因缘，与君邂逅，此情但愿能长久。奈何聚散太匆匆，空留一把相思豆。

踏莎行·知谁好

秋色方浓，桂花香袅，浮云散尽犹如扫。晚来风露送新凉，雁栖湖畔停归棹。

流水无言，青山不老，来时路上知谁好。平生自许竹为邻，抚琴只拨幽兰调。

踏莎行·闲云

舒卷闲云，忽来疏雨，园中零落花如许。或因风露带清寒，别枝双鹊分飞去。

多少离愁，黯然情绪，个中滋味谁能诉。昔时幽怨渐成空，谁曾错倚相思树。

踏莎行·旅思

又近重阳，正当深夜，一轮明月当空挂。每逢佳节倍思亲，无人可说知心话。

客里光阴，向来潇洒，浮云舒卷何时怕。窗前丹桂正飘香，今朝秋色堪如画。

踏莎行·岩桂

雨霁风光，凉生秋意，更知花色添憔悴。纵然霜露带新凉，幽丛还有岩前桂。

密蕊千枝，馨香十里，流年只为留清气。恰逢明月挂晴空，倚栏遥望天如水。

踏莎行·再回首

弦管离歌，江亭别影，音尘已隔千重岭。纵然留下许多愁，从来不怯斜风冷。

今又晴阳，独行幽径，此时难得喧嚣静。蓦然回首旧游踪，忽惊岸畔多风景。

踏莎行·秋韵

小径青稀,漫山红遍,香峰秋色如初见。恰逢今日午风清,凭高细数南飞雁。

岩桂扶疏,石溪清浅,斜阳堪送晴波远。分明记得旧游踪,眼中佳景应无限。

沙塞子·万里清风

层林枫叶又飘红。曲径外、霜染幽丛。也曾见、云浮秋水,雁过晴空。

偶然回首旧游踪,留恋处、佳景无穷。只因共、一轮明月,万里清风。

芰荷香·在他乡

过重阳，有清露坠叶，丹桂飘香。雨疏云散，最喜五色霞光。闲行篱畔，看丛丛、菊吐轻黄。时节逐渐添凉。新晴晚照，更淡秋妆。

犹似天边一飞雁，且半生行旅，多在他乡。何日团聚，尽道无限柔肠。梧桐院落，又独倚、几缕斜阳。黄昏已近轩窗。还同岁月，见惯沧桑。

生查子·遇见

当初相遇时，喜鹊穿枝绕。远岫彩云飞，且倚霞光照。

今番再见时，正值芳菲老。一阵落花风，也把残红扫。

生查子·栖心

寒蝉鸣树梢，秋露添清冷。雨过落花轻，月照孤鸿影。

新凉入小窗，幽梦风吹醒。忘却旧游踪，自此尘嚣静。

生查子·凋红

隔窗听雨声，桂树添寒影。江畔湿云浮，庭外幽花冷。

香枝凝露时，片片凋红静。拟待怅离愁，却教风吹醒。

瑶池宴·花絮

今春花絮,飘然去,处处,所经多少风雨。曾期许、香红玉树,韶光驻。

最无端、层叠云雾,又添了、丝丝感旧情绪。来时路、千辛万苦,犹回顾。

采莲令·再回首

晓凉生,霜落芙蓉冷。堪怜那、一枝清影。过云带雨,又匆匆、浸湿湖边径。凝眸处、烟沉柳岸。双飞喜鹊,择枝何处无定。

幸得安然,此际顿觉尘嚣静。凭栏望、鉴湖如镜。远山横黛,恰好与、水面遥相映。纵然是、清秋万里,风光无限,却喜眼前风景。

新荷叶·东湖秋色

十里东湖,新凉渐入蒹葭。雨霁初晴,一行雁起平沙。斜阳院落,只留下、桐影横斜。西风吹过,望中霜染余霞。

清露凝珠,奈何芳草凋华。欲问尘踪,记曾远向天涯。离愁别绪,都付与、那浦芦花。随风摇曳,落英飞絮堪加。

十六字令(三首)

之一

秋,霜落芙蓉一度愁。香尘远,幽梦个中留。

之二

鸿,日月欣然向碧空。经风雨,从此更从容。

之三

兰,空谷幽栖泉石间。香风度,清气绕云山。

天净沙·小溪

和风轻拂垂杨,夕阳斜照长廊。独倚桥栏远望,清波荡漾,小溪源远流长。

天净沙·秋景

秋风渐入蒹葭，荠荷犹伴烟霞。十里湖光似画。斜阳之下，一行鸿雁飞斜。

天净沙·秋声

秋声又落梧桐，露凉惊醒芙蓉。怅望孤帆远送。一帘幽梦，霎时无影无踪。

金蕉叶·种菊

无端一夜风和雨,浑添了、落红无数。却喜篱边,冷香仍泛清幽处,纵是瘦枝带露。

经年已惯经寒暑,那韶光、也未虚度。岁华过半,精神早已无旁骛,且种菊花千亩。

金蕉叶·赏菊

篱边冷蕊开无数,时时有、暗香微度。占得秋光,那般清绝还如许,纵是栉风沐雨。

梅兰竹菊常为伍,且依然、缱绻如故。可堪梦远,新词一曲邀同赋,料得竞传佳句。

渔歌子·孤舟

一叶孤舟倚岸斜,风帆高引向天涯。同岁月,共云霞,清波照影淡浮华。

渔歌子·小山村

溪水潺潺绕小村,朝来空气自清新。尘虑远,古风存,秋香满院醉游人。

渔歌子·秋声

零落残红片片轻,芦花深处送秋声。多少事,是非清,浮云散去晚霞明。

渔歌子·晴霞

一缕明霞衬晚晴,霎时风雨也曾经。云雾敛,水风清,江天一色雁声鸣。

渔歌子·落叶

疏雨绵绵一叶轻,西风吹过伴秋声。惊露柳,落浮萍,堪随逝水任飘零。

渔歌子·枫叶

霜染层林一片红,漫山枫叶映长空。清梦远,晚霞浓,凭栏远望送征鸿。

蝶恋花·照水芙蓉

又值东湖风雨静,且趁闲时,独自行幽径。十里波光堪似镜,芙蓉照水留清影。

纵是秋深霜露冷,但见红妆,深浅还相并。谁种芳莲千万顷,不时感慨逢佳景。

蝶恋花·尘虑

遥望秋空凉月小,闲倚窗前,孤影清光照。却见风枝惊鹊鸟,不知惆怅添多少。

几许闲愁无以道,曾寄香笺,且把心情表。莫被昔时尘虑扰,也从心底将其扫。

蝶恋花·倦客

又见篱边金菊绽,一缕清香,萦绕闲庭院。客里忽惊秋过半,也曾惆怅家乡远。

疏雨斜风都不管,却倚窗前,静看云舒卷。常在旅途应已惯,晚来更羡双栖燕。

蝶恋花·离歌

昨日西风还又动,杏叶凋零,料得秋霜冻。草木荣枯千万种,惯经才觉浑如梦。

长夜绵绵何以送,一曲离歌,尽付梅三弄。似水柔情谁与共,从来只有知音懂。

蝶恋花·来时路

窗外桂枝初结露,幸伴清风,仍把馨香度。花落花开谁作主,无须徒倚相思树。

往事悠悠难细数,多少悲欢,弹指成千古。身外闲愁从此去,时常回首来时路。

双头莲令·路尘

一肩烟雨落浮萍,万里路尘轻。犹知曙色渐分明,水面漾新晴。采莲幸得婉歌迎,鸥鹭亦和鸣。摇来日月耀芳庭,风静碧波平。

双头莲令·并蒂莲

小池亭立并肩莲,玉赋本根连。相从碧水驻芳颜,净境度华年。冷风瑟瑟任阑珊,清气散人间。今生幸得共三观,依约是前缘。

浣溪沙·一路风光

绿水青山展画屏,丹霞落照散春晴。林梢喜鹊耳边鸣。

一路风光无限好,四边空气自然清。黄昏可又数归程?

浣溪沙·离愁

夜色珠江结伴游,一江锦浪泛华舟。霓虹璀璨耀双眸。

水自东流惊客梦,春将远去淡离愁。清波犹映海心洲。

浣溪沙·聚散匆匆

谢尽残红昨夜风,晓来零落各西东。那双枝鹊渐无踪。

莫怨今年春易老,只因昔日梦难同。谁知聚散太匆匆。

浣溪沙·兰

淡淡疏疏不染尘,真香应许静中闻。犹知绿叶与时新。

梅菊生来如益友,风霜历尽亦精神。唯留馨味给他人。

浣溪沙·木槿花开

木槿花开小路旁,朝开暮落度清香。城中野陌耐新凉。

自在何须争品第,悠然本自属寻常。一些闲事莫思量。

浣溪沙·小聚

绿树浓荫小院中,蔷薇满架度香风。隔窗恰对夕阳红。

一曲清歌堪共赏,数杯佳酿渐成空。不知何处再相逢。

浣溪沙·行云

绿树浓荫掩小楼,枝间喜鹊啭声柔。似迎远客驻江洲。

仲夏行云飘不定,黄昏飞雨似无休。一帘幽梦似难留。

浣溪沙·云山夏日

柳树荫浓夏日长,山亭倒影入池塘。一泓碧水绕长廊。

月桂隔墙栖倦鸟,蔷薇满架馥清香。园中小径自徜徉。

浣溪沙·斜风细雨

最喜晴霞映小窗,犹闻丹桂递清香。纵然结露也无妨。

谁料斜风吹细雨,也惊落叶带新凉。寒来暑往是寻常。

浣溪沙·馨味

又见篱边菊蕊黄，不惊枫叶染新霜。林丛早已换秋妆。

纵有斜风携急雨，无妨淡蕊递清香。只留馨味不余凉。

浣溪沙·一帘幽梦

昨夜凉风不肯休，故园喜鹊也曾忧。江南寒色似清秋。

满径疏花江树落，一帘幽梦楚云留。彩虹桥畔久凝眸。

浣溪沙·东湖之旅

来日可闻荷叶香,去时又见菊花黄。堪从夏暑到秋凉。

湖上云烟还未尽,夜来风雨也无妨。凭栏目送雁南翔。

浣溪沙·秋

红叶初翻暗度秋,落花又逐水东流。湖边仍有淡香留。

落日苍茫斜晚照,黄昏独自缓离愁。征鸿飞去却回头。

浣溪沙·秋光

一抹晴云净远空,湖光山色两融融。谁家柿叶落霜红。

又见紫藤辞瘦树,初开丹桂簇幽丛。寻常巷陌度香风。

西江月·种莲

弹指十年慧剑,回眸万水千山。经年从未有余闲,犹有清风长伴。

不改初心为本,依然信念如磐。且期栽种万枝莲,更有馨香飘散。

西江月·知己

世事浮云易散，时光飞逝难留。当年一别又经秋，料得真情依旧。

知己虽疏音信，相思常挂心头。晚来空谷共清幽，一曲筝鸣堪久。

西江月·清梦

客里闲寻秋水，湖边静看芙蓉。晚来时有暗香浓，正逐微风吹送。

岁晚应归淡泊，平生只愿从容。至今未改是初衷，清梦知谁与共。

西江月·秋色

难得云收别岸,恰逢雁起平沙。渐行渐远向天涯,多少离愁留下。

记得徜徉幽径,有时邂逅流霞。也曾湖上采莲花,却喜风光如画。

西江月·幽怀

船外半篙碧水,云中两岸青山。黄昏雨霁洗晴岚,十里湖光如练。

江渚才飞秋雁,石滩又落征帆。离家千里未能闲,明月清风相伴。

西江月·冰心

一处月辉皎洁,相随桂影婆娑。分明馨味定如何,尽管闲云暗锁。

多少清光可爱,经行好事多磨。悠悠岁月任蹉跎,谁共从容与我。

虞美人·采莲

倚栏又见归帆影,最是澄波静。曾经携手且同行,恰值一湖秋水映新晴。

更惊两岸风光好,渐觉闲云少。采莲犹在画图中,多少爱莲君子共从容。

虞美人·闲言

浮云犹带黄梅雨，乌鸟传闲语。可堪风里一枝斜，更有无端清冷透窗纱。

常言休话人长短，凉薄情疏远。不期而遇偶然间，难忘珠江澄澈水云宽。

虞美人·伤秋

萧萧枫叶随风舞，飘落如红雨。深秋时节觉凄凉，总有一番景物触离肠。

伤怀往事如烟散，浓淡分深浅。盆栽花木伴春归，何必攀缘自苦负芳菲。

虞美人·梦悠扬

层林枫叶应红遍,莫叹秋声晚。晴空万里薄云收,更有千峰秀色锁明眸。

离多聚少寻常有,堪念情长久。一番清梦正悠扬,忘却西风萧瑟许多凉。

桂殿秋·秋桂

秋色静,晓云空,桂子香飘十里风。堪知景物千般变,自许情怀一样浓。

散馀霞·云山霁景

群峰苍翠堪如染,见薄云尽敛。泉水依旧潺潺,有清流可鉴。

时光几经荏苒,但晚霞明艳。空谷几处幽兰,那真香未减。

玉人歌·浮云散

浮云散。见、宿雾无痕,清溪如练。道旁杨柳,掩映小窗畔。枝梢不待流莺占,却落双归燕。现如今、萝绿依墙,桂香满院。

多少薄凉远。纵、芳草才盈,夏天过半。细雨斜风,似是已经惯。寻幽难忘来时路,况有知音伴。最悠然、自释闲愁一段。

红窗听·与知音相约

又隔虚窗闻雨落。觉此际、嫩凉如昨。不时成阵斜风过,更惊飞枝鹊。

却喜浮尘都拂却。堪同那、幽兰浅濯,真香淡泊。故情如许,与知音相约。

朝玉阶·愿从容

时有馨香发桂丛,恰逢疏雨过,薄云空。花开花落意无穷,谁家深院里,小楼东。

漫随幽径逐芳踪,还将依绿荫,面秋风。堪留清梦鉴初衷,只因情缱绻,且从容。

上行杯·欢意

　　遥望东湖雾景，依旧与、碧空相映。却喜青荷千万柄，清波照影。

　　雨云消，炎日敛，淡淡，秋色染。欢意难掩。

山亭柳·清调抚筝

　　风送秋声，且向柳边亭。残暑过，晓凉生。但见远峰林绕，似听空谷泉鸣。忆昔兰香迢递，丽影娉婷。

　　冷烟虽伴闲疏雨，初霜早已落浮萍。虽常见，也曾经。远处虹分霁色，静中鹊报新晴。自顾丹心对月，清调抚筝。

怨三三·又起征帆

溪山涧水正如蓝,满目晴岚。但见飞鸿落碧潭。湿云远,晓风恬。

何妨暂醉秋酣,且临那、浮香桂岩,倚、不老松杉。谁知南浦,又起征帆。

玉京秋·晨雾散

晨雾散,闲云渐稀少。海沙洲畔,桂子浮香,竹林掩翠,鹏霄飞雁。遥看晴峰染黛,恰相宜、江水如练。凭栏处、晓风吹过,客帆飘远。

又见烟霞成片。况而今、秋光向晚。月色含情,归思相许,清欢无限。好梦同存,更觉得、今夕初心难变。漫思算、应是襟情缱绻。

霜天晓角·秋仲

西风吹送，渐觉霜露重。多少花开花落，尘成忆，香入梦。

秋仲，寒意动。时有云雾涌。纵是阴晴无定，且自信，知谁共。

霜叶飞·江淮秋晚

江淮秋晚，方才见、霜红轻染枫岸。纵然疏雨带新寒，但、桂丛香暖。更何况、浮云未散，半窗清冷犹堪叹。看、落叶纷飞，却惹得、归心几许，愁绪无限。

莫怨昨日西风。稻香湖畔，又栖南来征雁。一怀心事不言中，似、昔时经惯。但愿有、知音作伴，曙色里，斜阳外，携梦前行，共鸣高远。

玲珑玉·北雁

沉雾微消,又纷纷、细雨飘凉。低垂柳叶,此间零落池塘。几处残荷浸影,任、西风迎面,清露凝霜。无妨。知何时、晴满竹廊。

料得溪桥那畔,正、丹枫如画,金桂浮香。纵有归思,念还将、不负秋光。曾经空山云起,也难禁、江城夕照,北雁南翔。似依旧,却还牵、遥远故乡。

伊州三台·晚晴

又逢霜叶凋零,亦有庭花落轻。多少入浮萍。未思量、冷云叠生。

独怜征雁飞鸣,不惧秋风作声。昔日也曾经。最关情、故园晚晴。

江城梅花引·归思

晓来又见鹊飞鸣。度寒声。度风声,风雨声中,应是数归程。回念故园霜落浅,竹摇影,桂邻窗,月满庭。

月满庭,满庭云水盈。千盏灯,万盏灯,照也照也照不尽,前景光明。梦绕神州,宠辱亦无惊。谁道韶光弹指过。当此刻,与家山,共晚晴。

相思令·幽怨

又见雪花飘落,依旧濯霜枝。曾有一双栖鹊,应已各东西。

纵是物换时移,也依然、难解相思。经年清梦还留,那番幽怨谁知。

柳含烟·夕阳红

听横笛,送归舟。遥看竹斜别岸,依然绕径向深幽。对清流。

尽管秋冬风露冷,但觉练江波静。前行犹喜积云空。夕阳红。

石州慢·愿韶光长久

空谷云收,阶石雪消,碧水波皱。正沿幽径闲行,犹在深秋时候。溪山远近,早有岩树扶疏,合将掩映千峰秀。料竹影参差,那松风依旧。

回首。晓寒露重,斜岸院落,桂华枝瘦。却喜经年,梦里更多晴昼。黄昏帘幕,曾伴霁景烟霞,缘来还结同心扣。知岁月蹉跎,愿韶光长久。

三奠子·忆旧游

望、江天漠漠，烟雨蒙蒙。帆影下，雁飞空。冷云虽作伴，寒意尽随风。旧游远，新岁改，故情浓。

征尘不断，幽梦谁同。行万里，越千峰。清歌堪共赋，愁绪杳无踪。偏淡泊，疏荣辱，更从容。

望远行·望远

却喜晴霞净远空，依旧照奇峰。也知林外起松风，天际过云鸿。

寒几许，入寻常。纵观湖海苍茫。不因霜雾费思量，犹待腊梅报春光。往事每回首，梦里只留香。

梦仙游·淡余凉

东湖春后,疏梅落久,堪料得、暗香依旧。烟雨静纤尘,花草缀清新。

难忘当年初聚,闲云散去,回首处、夕阳斜度。晴岸惜流光,幽梦淡余凉。

望江东·立秋

疏雨潇潇落江畔。念此际、秋光浅。朝来忽觉物华换。却未改、芙蓉面。

还将目送南飞雁。且静看、云舒卷。梦中浑忘客程远。有多少、知音伴。

忆馀杭·湖山秋色

坐看鱼沉烟水阔,渐觉林疏霜露结。湖山秋色正分明,木叶又凋零。

犹知今日斜阳外,也有经年幽梦在。曾停征棹漾晴波,短笛奏清歌。

隔帘听·听雨

又隔小窗听雨,但觉新凉入。初闻树上蝉声寂。料、夜露生寒,晓霜染色。久独立,可堪寻、雁鸿消息。

清风习,秋声渐沥。冷暖曾经历。浮云散尽无踪迹。见、路通田野,草连天碧。晚霞出,犹惊叹、望中山脊。

思帝乡·秋水

茫茫。一江秋水长。但见岸边霜叶，正飘黄。未怯冷风吹度，倚栏看夕阳。料得片帆归处、是家乡。

思帝乡·暮秋

飕飕。霎时风满楼。更有冷云疏雨，恐难休。木叶纷纷飘落，犹知近暮秋。谁又苇花深处，泊孤舟。

思帝乡·霜浓

霜浓。满山枫叶红。犹似晚霞留照，映长空。但见雁群飞过，宛如图画中。怎奈一年秋色、又匆匆。

最高楼·小庭幽

平湖静。烟渚落沙鸥,柳岸系行舟。夕阳相映留余照,霜林尽染锁深秋。倩何人,迷望眼,倚层楼。

不复叹,倦云归故里,不复叹,落花浮远水。从此去,付东流。但期前路多风景,犹知清梦绕神州。更悠然,丛菊淡,小庭幽。

遐方怨·霜叶落

霜叶落,菊花残。莫怨深秋,冷风疏雨还未闲。但随幽梦付云烟。只因湖海阔,石阶宽。

四园竹·青竹

纤纤玉竹,正茂岁寒中。薄云掩翠,疏雨濯尘,苍干浮空。风节清,纵是那、霜凝雪冻,瘦枝依旧从容。

探幽丛。萧萧黄叶难寻,尖尖绿笋无穷。最是冰姿气质,犹抱虚心,且伴青松。千里外,已遍种,惟期一梦同。

梦扬州·流年

北枝寒。见、菊花零落,霜叶凋残。倦鸟未还,往日曾栖檐间。纵然天气阴晴半,也不惊、云卷风喧。犹知道、千山深处,竹松仍茂峰峦。

时节才经变迁。将、踏雪寻梅,倚石听泉。远避俗纷,朗月清风如前。或因见惯荣枯事,似这般、安得悠闲。当此际、回眸望远,弹指流年。

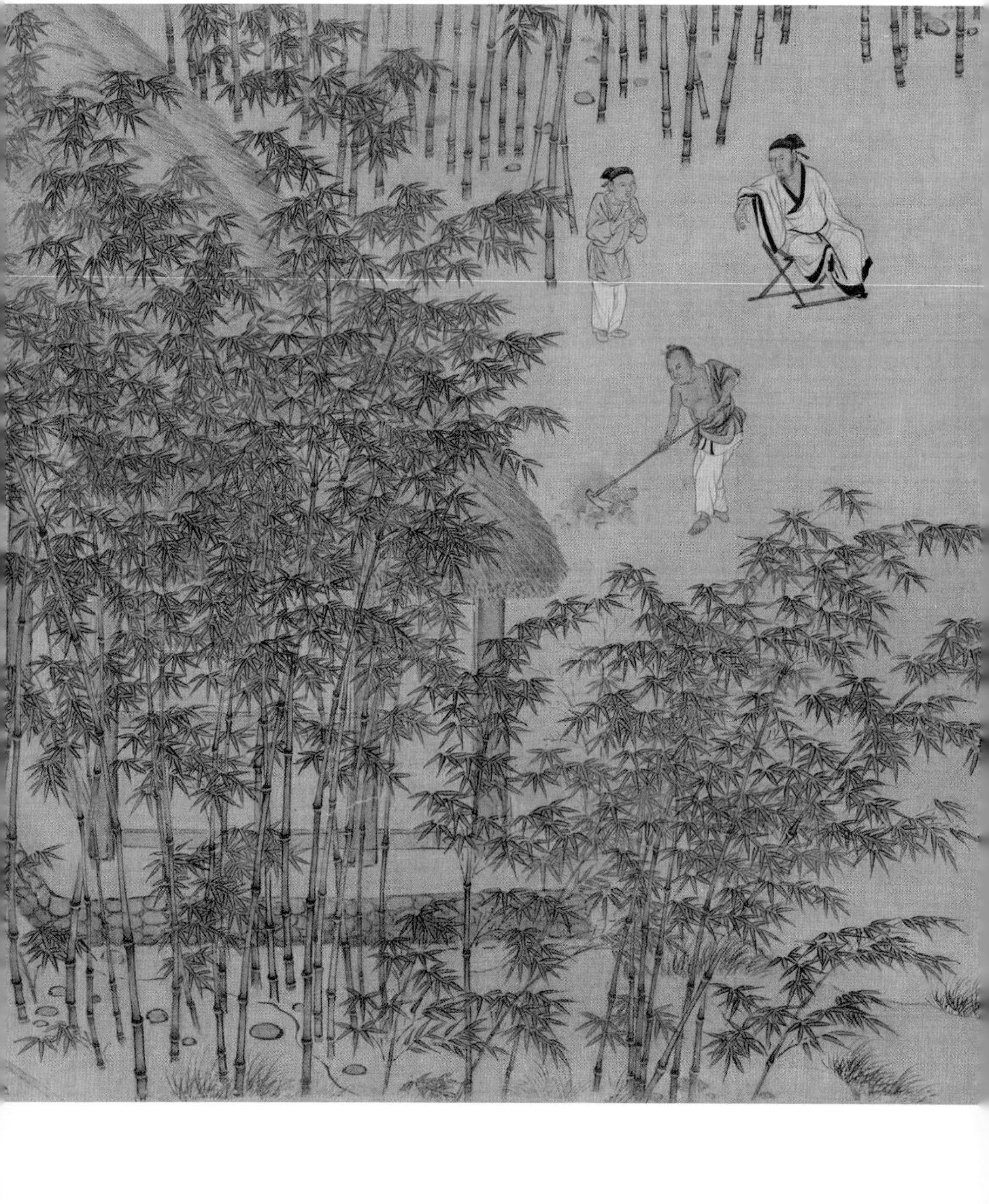

回波尔·归意

回波尔时寒声,萧萧又入闲庭。落英已随水远,归意似与云平。

翠羽吟·归雁

旭日升,晓露凝,遥看满园青。草际蝶飞,树梢莺啭正堪听。已知凉云散尽,犹喜平岸添晴。恰此时、雁栖湖畔,仍逢水碧风清。

回望千里忆征程。山川依旧,冷暖曾经。莫问春秋几度,松壑几处,凌烟穿几层。只期拂却归尘,不负以往深情。最是思来处,长记得、无数豪英。皆为魂牵梦萦,一肩疏雨落浮萍。光阴荏苒,愿景依然,宠辱不惊。

庆金枝·秋凉

窗外菊蕊黄,带清露,馥芬芳。篱前犹自挺孤秀,最是衬斜阳。

不时一阵西风过,秋渐冷,也无妨。只留馨味不余凉。纵有夜来霜。

应天长·秋菊

湿云应带新凉至。疏雨又将残暑洗。清风递,飞香细。犹见柳梢黄叶坠。

纵然秋满地,弹指或随流水。独有枝枝菊蕊,寒霜不怕对。

阳台梦·清梦

菊残仍有馨香度，叶疏方觉秋光暮。一番风雨落苍黄，浸、千林万树。

无妨清梦里，寒色新添几许。晚来堪喜傲霜枝，已遍经行处。

于飞乐·秋

晓凉生，清露滴，叶落闲庭。凭栏望、一片秋声。远林疏，平野阔，云淡风轻。蒹葭摇曳，又还闻、鸿雁飞鸣。

倩何人、不论阴晴，依然会、坐阅枯荣。况、经时韶景，有、似水柔情。飘零花絮，任由它、散落浮萍。

系裙腰·初衷

群峰松竹引清风。犹逐雾,去无踪。晴霞恰又映长空。新霁色,染木叶,净秋容。

仍将安字寄征鸿。知此际,与谁同。纵经山水几千重。极远目,记来路,系初衷。

字字双·金菊

秋风未迟吹复吹,晓露堪凝垂复垂。无妨金菊枝复枝,且留冷馥飞又飞。

赞成功·柿叶添红

积云尽敛,晓露初浓。轻霜犹染半林枫。远峤深处,泉水流东。斜阳影里,柿叶添红。

自许清梦,仍寄征鸿。一同飞越万千峰。纵观秋色,又倚晴空。但开望眼,且任西风。

赞浦子·倦鸟

远浦西风起,秋山木叶飞。瘦影随流水,残红恋旧枝。

几度寒来暑往,又逢物换星移。但望深林里,双双倦鸟栖。

无闷·飞雁

飞雁横空，远景入目，最是清风吹雾。望、万里河山，八方田圃。恰值征帆移渚。念此际、任由云来去。也不管、何处凌霜带露，冷烟生雨。

无惧。且不言，且不语。只怕韶光轻度。物华渐换，竹色似故。犹觉寸阴难驻。却已惯、随君经寒暑。忆往昔、千岭留踪，正期四海展羽。

西施·秋声落

一溪如练出峰峦，曲曲向湖边。笛声迢递，应是棹舟还。飒飒秋声，尽落斜阳外，算、过眼云烟。

昔时好景犹堪记，几回忆，似从前。栉风沐雨，依旧惜流年。梦绕家山，幸得知音伴，且、共享清欢。

散天花·雁南征

风起还闻落叶声。方嗟秋色暮,晓寒生。天边犹见雁南征。依稀离岸杳,与云平。

知尔相邀万里行。虽然沧海阔,远山横。飞来急雨也堪经。只因情缱绻,爱分明。

纱窗恨·聚散

清筝一曲梅三弄,意无穷。昔年曾入相思梦,与君同。叹尘世、情深难共。黯回首、往事无踪。聚散堪惊,太匆匆。

纱窗恨·流年

秋声又到江南岸,晓窗寒。远空还见南飞雁,过关山。有多少、风霜经惯。倩何人、最喜清欢。一曲幽兰,伴流年。

望仙门·叶飘零

又听窗外北风鸣,峭寒生。半空霜叶自飘零。落浮萍。

曾羡南飞雁,曾经暗数归程。但闻江上棹歌声。棹歌声,应伴客帆轻。

双雁儿·老梅枝

琼花夜半落京畿,旭日照,晓云稀。腊梅初绽一霜枝,那馨香,似旧时。

十分清致最难移,且付与、物华知。万红相约待春归,燕双飞,梦里飞。

逍遥乐·墨梅同调

冬日莫嫌寒峭。瘦影横斜,犹是暗香缥缈。老树参差,倦鸟归巢,恰又流霞倾照。冷云将扫。正期迎、腊尽春回,雪晴风小。念、梦里家山,植遍花草。

千树红英争好,四时青松不老。迢迢夕阳外,凝望处、有多少。何人奏玉笛,仍与墨梅同调。年年,鬓霜依旧,襟情难了。

感恩多·初晴

莫嫌香雾冷,犹见寒梅影。已然开满城,且无声。

只待残云敛尽,雪初晴。雪初晴,最是风清,试寻天上星。

江亭怨·归思

何处笛声婉转,遥看棹舟归晚。莫问绕关山,多少烟云过眼。

梦里故情不变,静处归思无限。回首旧游踪,却喜清风相伴。

好女儿·梅

又见老梅枝，依旧倚清池。犹耐初春寒峭，不惧冷风吹。

相顾绽芳菲，且料得、知己相随。容颜憔悴，精神不老，恬淡如伊。

思越人·赏梅

晓霜寒，清露冷，不妨梅绽芳菲。又见玲珑开满树，虽然腊雪纷飞。

风前犹把清香度，经年从未辜负。梦里只期韶光驻，还留清气如故。

曲玉管·赏梅

倦鸟归时,嚣尘渐远。无心看那云舒卷。只见红妆擎雪,疏影横窗。细思量,寂静闲庭,徘徊幽径,早梅一树谁同赏。独耐严霜,似已当作寻常。也无妨。

月转星移,有多少、花开花谢,已随逝水浮萍,难寻昔日沧桑。却留香。纵、新年将至,料峭余寒依旧。已知春信,且倚东风,不负韶光。

城头月·梅

朝来又见经行处,冷蕊开无数。耐得寒风,犹擎残雪,最是香如故。

蓦然回首来时路,却喜梅盈树。梦绕家山,峥嵘岁月,多少韶光驻。

孤鸾·梅

初春时节,又、感慨新梅,从容残雪。纵是凉侵,独有暗香清绝。年来峭寒未减,却依然、绽开芳靥。玉骨不愁瘴雾,似、那轮江月。

记当时、多少同心结。见、疏影横斜,红妆层叠。万里佳音送,几番幽思切。恰逢晓风送暖,况而今、百花争发。天然精神淡伫,任由他人说。

晴偏好·霁景

梅枝残雪初消后,春山霁景还依旧。君知否,层峰叠翠相争秀。

竹香子·溪梅

又见溪梅初绽,纵有雪花作伴。余寒料峭也无妨,不碍清香散。

还期曲水两岸,似这般、冷蕊开遍。嫣红姹紫尽芬芳,一种精神不变。

华胥引·听雪

临窗修竹,汲水煎茶,隔帘听雨。落叶声中,归期远近曾试数。但觉风影轻飞,送桂香微度。雁过潇湘,更添离别愁绪。

不负光阴,也无妨、历经寒暑。征尘不断,可堪天涯倦旅。多少襟情缱绻,奈岁华难驻。犹是容颜,镜中憔悴如许。

扬州慢·夜游珠江

夜色阑珊,波光溢彩,江风又送微凉。望虹桥两岸,尽璀璨霓裳。更何况、旧游未远,欢声笑语,最是难忘。记当时、挚友为伴,信步徜徉。

奇观堪赏,也曾经、感物思乡。纵万水千山,风光无限,且作寻常。梦里已辞行旅,还依旧、静坐书房。念人生何寄?清心赋予梅香。

江亭怨·梅醒

曾对半窗月影,惊见一枝梅醒。独自散清香,犹耐风寒夜冷。

纵有薄云不定,却喜闲庭幽静。春色到江亭,万里长空如镜。

花前饮·梅园遐思

又听枝上鹊声喜,且沉醉、梅园馨味。已近春到时,积雾散,和风细。

万里长空净如洗,不妨把、归思迢递。忆昔辞旧年,岁雪霁,岸柳翠。

东风齐著力·辞旧迎新

春入西园,梅擎残雪,柳倚东风。呢喃燕子,正绕故枝中。最是寒轻雾敛,从今后、日暖冰融。凭栏望、新青草木,重绿林峰。

不觉又经冬。回首处、冷云一去无踪。夕阳落照,伴、远际归鸿。历尽千山万水,还依旧、记得初衷。犹堪叹、炊烟袅袅,岁月匆匆。

图书在版编目（CIP）数据

一曲清歌赋晚晴：三平诗词吟稿 / 三平著. — 北京：东方出版社，2023.10
ISBN 978-7-5207-3674-9

Ⅰ.①一… Ⅱ.①三… Ⅲ.①诗词－作品集－中国－当代
Ⅳ.①I227

中国国家版本馆 CIP 数据核字 (2023) 第 180876 号

一曲清歌赋晚晴：三平诗词吟稿
（YIQU QINGGE FU WANQING:SANPING SHICI YINGAO）

作　　者：	三　平
责任编辑：	王丽娜
出　　版：	东方出版社
发　　行：	人民东方出版传媒有限公司
地　　址：	北京市东城区朝阳门内大街 166 号
邮　　编：	100010
印　　刷：	北京文昌阁彩色印刷有限责任公司
版　　次：	2023 年 10 月第 1 版
印　　次：	2023 年 10 月第 1 次印刷
开　　本：	710 毫米 ×1000 毫米　1/16
印　　张：	12.5
字　　数：	70 千字
书　　号：	ISBN 978-7-5207-3674-9
定　　价：	69.80 元

发行电话：（010）85924663　85924644　85924641

版权所有，违者必究

如有印装质量问题，我社负责调换，请拨打电话：（010）85924602　85924603